»Ich bange nach dem ersten Blumenstrauße,
nach einem Blumenstrauß, der köstlich
wie unbesorgtes Leben duftet.«

Robert Walser

Blumen und Blüten sind die Boten der vier Jahreszeiten. Mit welcher Sehnsucht werden die ersten Krokusse, Narzissen und Tulpen als Vorboten des nahenden Frühlings erwartet und begrüßt. Die Rosen in all ihrer Vielfalt, Sonnenblumen und Hortensien begleiten durch den Sommer. Und die Astern stimmen oft etwas wehmütig, künden sie doch vom nahenden Winter und der Vergänglichkeit alles irdischen Lebens. Ein literarischer Spaziergang durch die farbenprächtige Welt der Blumen mit Gedichten von Joseph von Eichendorff, Ludwig Uhland, Johann Wolfgang Goethe, Theodor Storm, Rainer Maria Rilke, Marie Luise Kaschnitz, Hermann Hesse, Peter Huchel, Karl Krolow, Hans Magnus Enzensberger u. v. a.

insel taschenbuch 2422

Blütenzauber

Blütenzauber

Gedichte

Ausgewählt von Gesine Dammel
Mit farbigen Fotografien
Insel Verlag

Umschlagfoto: Marion Nickig

insel taschenbuch 2422
Originalausgabe
Erste Auflage 2003

Textnachweise am Schluß des Bandes.
Vertrieb durch den Suhrkamp Taschenbuch Verlag.
Druck: Memminger MedienCentrum AG
Printed in Germany
ISBN 3-458-34122-6

1 2 3 4 5 6 – 08 07 06 05 04 03

Blütenzauber

Hans Magnus Enzensberger
Das Blumenfest

Ich schenke Blumen.
Ich streue Blumensamen aus.
Ich pflanze Blumen.
Ich sammle Blumen.
Ich pflücke Blumen.
Ich pflücke verschiedene Blumen.
Ich raufe sie aus.
Ich zerreiße Blumen.
Ich zerstöre sie.
Ich knüpfe Blumen.
Ich binde Blumen.
Ich mache Blumen.
Ich erfinde Blumen.
Ich hole sie aus der Luft.
Ich mache es so, daß aus den Blumen
  Sträuße werden, ungleiche, runde Sträuße,
  immer größer und größer.

Ich mache eine Girlande aus Blumen,
  ein Laken, einen Strauß, ein Bett aus Blumen,
  eine Hand.
Ich knüpfe sie.

Ich binde sie.
Ich versehe sie mit Gras.
Ich versehe sie mit Blättern.
Ich mache eine Schlange aus Blumen.
Ich rieche etwas.
Ich rieche sie.
Ich sorge dafür, daß einer Blumen riecht.
Ich schenke einem Blumen.
Ich schenke ihm Blumen.
Ich versehe einen mit Blumen.
Ich versehe ihn mit einer Schlange, mit einer Kette aus Blumen.
Ich versehe ihn mit einer Blumenkette.
Ich lege ihm eine Girlande um.
Ich versehe ihn mit einer Girlande aus Blumen.

Ich bekleide einen mit Blumen.
Ich kleide ihn in Blumen ein.
Ich bedecke ihn ganz mit Blumen.
Ich zerstöre einen mit Blumen.
Ich zerstöre ihn mit Blumen.
Ich verwunde einen, verwunde ihn mit Blumen.
Ich zerstöre einen mit Blumen.
Ich zerstöre ihn.
Ich verwunde ihn mit Blumen.

Mit Trinken, mit Essen, mit Blumen, mit Tabak,
mit Kleidern, mit Gold.
Ich bezaubere ihn, ich errege ihn mit Blumen,
mit Wörtern.
Ich bezaubere ihn.
Ich sage:
»Mit Blumen liebkose ich ihn.
Ich verführe einen.
Ich richte eine lange Rede an ihn.
Ich bewege ihn mit Wörtern.
Mit Blumen.«

Ich versehe einen mit Blumen, oder
ich zerreiße Blumen, oder ich mache Blumen,
oder ich hole Blumen aus der Luft und gebe
sie ihm, so, daß es ein Fest gibt.
Ich höre nicht auf, einem Blumen in die Hand
zu geben.
Oder ich versehe ihn mit einer Kette, einer
Schlange.
Oder ich versehe ihn mit einer Girlande
aus Blumen, aus Wörtern.
Oder ich bezaubere ihn.
Oder ich gebe ihm etwas.
Oder ich gebe ihm weiter nichts als immer mehr
Blumen und Blumen.

Josef Mühlberger
Vor einem Blumenbeet

Wie vor heilgem Bilde steh ich
als ein Beter vor euch, Blumen,
Wandlung, klar und wahr, die ohne Weh sich
hob aus dunklen Ackerkrumen.

Schlanker Wuchs des ernsten Stengels,
weißer Blätter sanfte Wölbung,
innen golden ausgeziert,
trunkne Glut der Feuerlilie,
von der Hand verschwebten Engels
wie von kühlem Tau berührt.

Reine Schönheit ohnegleichen,
Blüte, Blüte, voll der Gnaden!
Kann der Mensch dich je erreichen,
dunkel und von Schuld beladen?

Joseph von Eichendorff
Schneeglöckchen

'S war doch wie ein leises Singen
In dem Garten heute nacht,
Wie wenn laue Lüfte gingen:
»Süße Glöcklein, nun erwacht,
Denn die warme Zeit wir bringen,
Eh's noch jemand hat gedacht.« –
's war kein Singen, 's war ein Küssen,
Rührt' die stillen Glöcklein sacht,
Daß sie alle tönen müssen
Von der künftgen bunten Pracht.
Ach, sie konntens nicht erwarten,
Aber weiß vom letzten Schnee
War noch immer Feld und Garten,
Und sie sanken um vor Weh.
So schon manche Dichter streckten
Sangesmüde sich hinab,
Und der Frühling, den sie weckten,
Rauschet über ihrem Grab.

Friedrich Rückert
Schneeglöckchen

Der Schnee, der gestern noch in Flöckchen
Vom Himmel fiel,
Hängt nun geronnen heut' als Glöckchen
Am zarten Stiel.
Schneeglöckchen läutet, was bedeut's
Im stillen Hain?
O komm geschwind! Im Haine läutet's
Den Frühling ein.
O kommt, ihr Blätter, Blüt' und Blume,
Die ihr noch träumt,
All zu des Frühlings Heiligtume
Kommt ungesäumt!

Nikolaus Lenau
Primula veris

Liebliche Blume,
Bist du so früh schon
Wiedergekommen?
Sei mir gegrüßet,
Primula veris!

Leiser denn alle
Blumen der Wiese
Hast du geschlummert,
Liebliche Blume,
Primula veris!

Dir nur vernehmbar
Lockte das erste
Sanfte Geflüster
Weckenden Frühlings,
Primula veris!

Liebliche Blume,
Primula veris!
Holde, dich nenn' ich
Blume des Glaubens.

Gläubig dem ersten
Winke des Himmels
Eilst du entgegen,
Öffnest die Brust ihm.

Frühling ist kommen,
Mögen ihn Fröste,
Trübende Nebel
Wieder verhüllen;

Blume, du glaubst es,
Daß der ersehnte
Göttliche Frühling
Endlich gekommen,

Öffnest die Brust ihm;
Aber es dringen
Lauernde Fröste
Tödlich ins Herz dir.

Mag es verwelken!
Ging doch der Blume
Gläubige Seele
Nimmer verloren!

Friedrich Rückert

Himmelschlüsselchen ist genannt ein goldnes
Feingebildetes Blümchen auf der Wiese,
Weil den Himmel auf Erden sieht die Unschuld
Aufgeschlossen im Frühling unter Blumen.
Himmelschlüsselchen nenn' ich, sprach
ein Jüngling,
Dich mit eigenem Rechte, weil ein Himmel
Mir auf Erden, ein Herz, sich aufgeschlossen,
Ein geliebtes, im Frühling, als zum ersten
Kranz ich schüchtern dich wand mit
andern Blumen.
Himmelschlüsselchen! den mir aufgeschloss'nen
Himmel schließe mir jeden Frühling neu auf,
Still verschließ' ihn vor jedem Blick des Neides!
Jedem anderen aber sei ein andrer
Himmel offen, den ich nicht ihm beneide.

Robert Walser
Blumen

Ich bange nach dem ersten Blumenstrauße,
nach einem Blumenstrauß, der köstlich
wie unbesorgtes Leben duftet.
Gleich kann es nicht sein, denn der Winter
ist allzusehr noch auf der Wiese,
die Sträuße gibt, doch meine Sehnsucht
pflückt jetzt schon hunderttausend Blumen.
Wie duften sie, wie necken alle
die kleinen zärtlichen Geschöpfe
in meiner Seele – Blumensträuße
sind jetzt das Bangen meiner Seele.

Barthold Hinrich Brockes
Die Trauben-Hyazinthe

Angenehmes Frühlingskindchen,
Kleines Trauben-Hyazinthchen,
Deiner Farb und Bildung Zier
Zeiget mit Verwundrung mir,
Von der bildenden Natur
Eine neue Schönheitsspur.
An des Stengels blauer Spitzen
Sieht man, wenn man billig sieht,
Deiner sonderbaren Blüt
Kleine blaue Kugeln sitzen,
Dran, solange sich ihr Blatt
Noch nicht aufgeschlossen hat,
Wie ein Purpurstern sie schmücket,
Man, nicht sonder Lust, erblicket.
Aber wie von ungefähr
Meine Blicke hin und her
Auf die offnen Blumen liefen,
Konnt ich, in den blauen Tiefen,
Wie aus himmelblauen Höhen,
Silberweiße Sternchen sehen,
Die in einer blauen Nacht,
So sie rings bedeckt, im Dunkeln,
Mit dadurch erhöhter Pracht,

Noch um desto heller funkeln.
Ihr so zierliches Gepränge,
Ihre Nettigkeit und Menge,
Die die blauen Tiefen füllt,
Schiene mir des Himmels Bild,
Welches meine Seele rührte,
Und durch dieser Sternen Schein,
Die so zierlich, rein und klein,
Mich zum Herrn der Sterne führte,
Dessen unumschränkte Macht,
Aller Himmel tiefe Meere,
Aller Welt und Sonnen Heere,
Durch ein Wort, hervorgebracht;
Dem es ja so leicht, die Pracht
In den himmlischen Gefilden,
Als die Sternchen hier, zu bilden.
Durch dein sternenförmig Wesen,
Gibst du mir, beliebte Blume,
Dem, der Sterne macht, zum Ruhme,
Ein' Erinnerung zu lesen,
Daß wir seiner nicht vergessen,
Sondern in den schönen Werken
Seine Gegenwart bemerken,
Seine weise Macht ermessen,
Um sie, wie in jenen Höhen,
So auf Erden auch zu sehen.

Theodor Storm
Hyazinthen

Fern hallt Musik; doch hier ist stille Nacht,
Mit Schlummerduft anhauchen mich die Pflanzen,
Ich habe immer, immer dein gedacht;
Ich möchte schlafen; aber du mußt tanzen.

Es hört nicht auf, es rast ohn Unterlaß;
Die Kerzen brennen, und die Geigen schreien,
Es teilen und es schließen sich die Reihen,
Und alle glühen, aber du bist blaß.

Und du mußt tanzen; fremde Arme schmiegen
Sich an dein Herz; o leide nicht Gewalt!
Ich seh dein weißes Kleid vorüberfliegen
Und deine leichte, zärtliche Gestalt. –

Und süßer strömend quillt der Duft der Nacht
Und träumerischer aus dem Kelch der Pflanzen.
Ich habe immer, immer dein gedacht;
Und möchte schlafen, aber du mußt tanzen.

Ludwig Tieck
Die Blumen

Sieh die zarten Blüten keimen,
Wie sie aus sich selbst erwachen,
Und wie Kinder aus den Träumen
Dir entgegen lieblich lachen.

Ihre Farbe ist im Spielen
Zugekehrt der goldnen Sonne,
Deren heißen Kuß zu fühlen,
Das ist ihre höchste Wonne:

An den Küssen zu verschmachten,
Zu vergehn in Lieb' und Wehmut;
Also stehn, die eben lachten,
Bald verwelkt in stiller Demut.

Das ist ihre höchste Freude,
Im Geliebten sich verzehren,
Sich im Tode zu verklären,
Zu vergehn in süßem Leide.

Dann ergießen sie die Düfte,
Ihre Geister, mit Entzücken,
Es berauschen sich die Lüfte
Im balsamischen Erquicken.

Liebe kommt zum Menschenherzen,
Regt die goldnen Saitenspiele,
Und die Seele spricht: ich fühle,
Was das Schönste sei, wonach ich ziele,
Wehmut, Sehnsucht und der Liebe Schmerzen.

Marie Luise Kaschnitz
Tulpen

Für Mady

Wenn das blaue Maigewitter droht
Rauscht des Windes Klageruf im Tann
Durch die Beete geht der Tulpentod
Rührt die eine um die andre an.

Schöne Tulpen rot und flammenbunt
Schwarzgefleckte von der fremden Art
Die ihr länger als der junge Mond
Knospengleich auf schlankem Stiel verharrt:

Nicht vom Blitze werdet ihr gestreift
Nicht vom blanken Sensenhiebe wund
Nur, es ist ein Tag herangereift
Da ihr euch enthüllet bis zum Grund

Und begierig den Mänaden gleich
Die des Reigens wilder Rausch berückt
Blütenblatt um Blütenblatt verzweigt
Und das stolze Haupt zur Erde bückt – –

Bis ihr also wild hinübergeht
Sonne, Mond und Sternen aufgetan
Blatt um Blatt verstreuend auf dem Beet –
Rings indessen hebt der Sommer an.

Karl Krolow
Violette Tulpen

Die violetten Tulpen
Im schlanken Vasenglas!
Du läßt die Arme sinken
Und horchst auf irgendwas.

Die Blumenkelche dunkel
Und hell der Vasenrand.
Die Zimmerstille lastet
Auf Auge, Mund und Hand.

Vorm Fenster summt der Mittag,
Dringt in die Kammer ein,
Leicht auf Kohlweißlingsflügeln,
Mit Mauerseglerschrei'n.

Die Blütenblätter wehen
Vergänglich untern Tisch.
Der Abend kommt, und Kühle
Geht durch die Räume frisch.

Rainer Maria Rilke
Feuerlilie

Winters, als die Äste krachten,
keine Bäche konnten frieren,
weil die Fluten Blutes ihren
Pulsschlag immer neu entfachten.

Als die Zeit kam, da die Blume
aufwacht und der Vogel flötet,
sprang die Lilie selbst gerötet
aus der todgedüngten Krume.

Francisca Stoecklin
Schwertlilien

Das sind die Blumen, die wie Kirchen sind.
Ein Blick in sie hinein zwingt uns zu schweigen.
Wie Weihrauch fromm berauschend strömt ihr Duft,
Wenn wir uns zu der schönen Blüte neigen.

Sie sind wie Schmetterlinge dünn und zart.
Und wissen ihr Geheimnis doch zu hüten.
Es hellen goldne Kerzen sanft den Pfad
Ins Allerheiligste der Wunderblüten.

Max Dauthendey
Eilt euch, eil dich, die Bäume blühen!

Eilt euch, eil dich, die Bäume blühen!
Voll Liebesblicken die Bäume stehen;
Eh' du hingesehen, will's schon vergehen.

Komm zu den hellen verliebten Bäumen,
Die alle Wege jetzt hochzeitlich säumen!
Sollst dich ins Licht zu ihnen stellen,
Lächeln wird spielend sich zu dir gesellen,
Daß auch dir die Blicke verliebt aufglühen.
Eilt euch, eil dich, die Bäume blühen!

Josef Mühlberger
Blühender Magnolienbaum

Nicht Blütenflammen sinds, die aus des Baumes
gewundnen schwarzen Leuchterarmen
brechen,
nicht Kelche, deren Wölbung rötlich schimmert
an reich bestelltem Tisch, bereit zu trunknem
Zechen.

Heidnischen Fests verhaltnes Ungestüm
im Kahlen dieser Welt. Der fleischge Glanz
der nackten Blütenleiber strahlt im frühen Licht,
es stolz bestehend und in feierlichem Tanz.

Des Mittags müde Glut welkt sie nicht an,
sie schimmern, Nymphen, die das Meer umkühlt,
und in den Nächten bleiben ihre Leiber wach,
von Schleiern dünngewebter Dämmerung
umspielt.

Dann brechen sie und falln wie eine Frucht,
entschlossen, als verlöscht ein Licht;
und über aufgegebne, unverbrauchte Lust
legen sie dicht des dunklen Grüns Verzicht.

Hermann Hesse
Der Blütenzweig

Immer hin und wider
Strebt der Blütenzweig im Winde,
Immer auf und nieder
Strebt mein Herz gleich einem Kinde
Zwischen hellen, dunklen Tagen,
Zwischen Wollen und Entsagen.

Bis die Blüten sind verweht
Und der Zweig in Früchten steht,
Bis das Herz, der Kindheit satt,
Seine Ruhe hat
Und bekennt: voll Lust und nicht vergebens
War das unruhvolle Spiel des Lebens.

Barthold Hinrich Brockes
Kirschblüte bei der Nacht

Ich sah mit betrachtendem Gemüte
Jüngst einen Kirschbaum, welcher blühte,
In kühler Nacht beim Mondenschein;
Ich glaubt, es könne nichts von größrer Weiße sein.

Es schien, ob wär ein Schnee gefallen.
Ein jeder, auch der kleinste Ast
Trug gleichsam eine rechte Last
Von zierlich-weißen runden Ballen.
Es ist kein Schwan so weiß, da nämlich jedes Blatt,
Indem daselbst des Mondes sanftes Licht
Selbst durch die zarten Blätter bricht,
Sogar den Schatten weiß und sonder Schwärze hat.
Unmöglich, dacht ich, kann auf Erden
Was Weißers angetroffen werden.

Indem ich nun bald hin, bald her
Im Schatten dieses Baumes gehe,
Sah ich von ungefähr
Durch alle Blumen in die Höhe
Und ward noch einen weißern Schein,

Der tausendmal so weiß, der tausendmal so klar,
Fast halb darob erstaunt, gewahr.
Der Blüte Schnee schien schwarz zu sein
Bei diesem weißen Glanz. Es fiel mir ins Gesicht
Von einem hellen Stern ein weißes Licht,
Das mir recht in die Seele strahlte.

Wie sehr ich mich am Irdischen ergetze,
Dacht ich, hat Er dennoch weit größre Schätze.
Die größte Schönheit dieser Erden
Kann mit der himmlischen doch nicht
  verglichen werden.

Achim von Arnim
Der Kirschbaum

Der Kirschbaum blüht, ich sitze da im Stillen,
Die Blüte sinkt und mag die Lippen füllen,
Auch sinkt der Mond schon in der Erde Schoß
Und schien so munter, schien so rot und groß;
Die Sterne blinken zweifelhaft im Blauen
Und leidens nicht, sie weiter anzuschauen.

Hermann Hesse
Voll Blüten

Voll Blüten steht der Pfirsichbaum,
Nicht jede wird zur Frucht,
Sie schimmern hell wie Rosenschaum
Durch Blau und Wolkenflucht.

Wie Blüten gehn Gedanken auf,
Hundert an jedem Tag –
Laß blühen! laß dem Ding den Lauf!
Frag nicht nach dem Ertrag!

Es muß auch Spiel und Unschuld sein
Und Blütenüberfluß,
Sonst wär die Welt uns viel zu klein
Und Leben kein Genuß.

Annette von Droste-Hülshoff
Vergißmeinnicht

Ein Blümchen ist so wunderschön,
Gelobt von allen, die es sehn,
Es ist das Blümchen, welches spricht:
Vergißmeinnicht.
Dies Blümchen hab ich oft gepflückt,
Die Farbe hat mich stets entzückt,
Weil jedesmal sie zu mir spricht:
Vergißmeinnicht.

3

Peter Huchel
Holunder

Unter der Holunderhöhle
schliefen wir den Frühling lang,
laubkühl eine kleine Kehle
heilig uns zu Häupten sang.

In der ginsterdichten Stille
lagen wir am Wiesenhang,
nur das Dengeln einer Grille
grasig deinen Seufzer schwang.

Blätterstark im Niederwehen
der Holunder uns umschlang,
daß es deine nackten Zehen
feucht und wiesiger durchdrang.

Und der Strauch kam auf uns nieder,
daß der Halm am Boden klang,
schlug um uns das Laubgefieder,
saß in unserm Schlaf und sang.

Unter jungen Haselnüssen
schliefen wir den Frühling lang,
naß von Tau und naß von Küssen
wärmte uns der Mond am Hang.

Johann Wolfgang Goethe
Das Veilchen

Ein Veilchen auf der Wiese stand,
Gebückt in sich und unbekannt;
Es war ein herzig's Veilchen.
Da kam eine junge Schäferin,
Mit leichtem Schritt und munterm Sinn,
Daher, daher,
Die Wiese her, und sang.

Ach! denkt das Veilchen, wär' ich nur
Die schönste Blume der Natur,
Ach, nur ein kleines Weilchen,
Bis mich das Liebchen abgepflückt,
Und an dem Busen matt gedrückt!
Ach nur, ach nur,
Ein Viertelstündchen lang!

Ach! aber ach! das Mädchen kam
Und nicht in Acht das Veilchen nahm,
Ertrat das arme Veilchen.
Es sang und starb und freut sich noch:

Und sterb' ich denn, so sterb' ich doch
Durch sie, durch sie,
Zu ihren Füßen doch.

Peter Huchel

Löwenzahn

Fliegen im Juni auf weißer Bahn
flimmernde Monde vom Löwenzahn,
liegst du versunken im Wiesenschaum,
löschend der Monde flockenden Flaum.

Wenn du sie hauchend im Winde drehst,
Kugel auf Kugel sich weiß zerbläst,
Lampen, die stäubend im Sommer stehn,
wo die Dochte noch wolliger wehn.

Leise segelt das Löwenzahnlicht
über dein weißes Wiesengesicht,
segelt wie eine Wimper blaß
in das zottige wogende Gras.

Hermann Lenz

Löwenzahn

Ich möchte eine Wiese haben
Mit lauter gelben Dolden drauf:
Die Bienen füllten ihre Waben
Mit süßem Wiesenhonig auf.

Der Löwenzahn, die Mondlaterne,
Verwehte meines Mundes Hauch.
Es flüsterten die Gräser gerne
Am Abend mit dem Pfeifenrauch.

Vielleicht kommst du, wenn Blumen brennen:
Dann biegen wir die Gräser um.
Du mußt doch ganz weich liegen können.
Ich wünsche mir die Wiese drum.

August Heinrich Hoffmann von Fallersleben
Maiglöckchen

Maiglöckchen läutet in dem Tal,
Das klingt so hell und fein:
So kommt zum Reigen allzumal,
Ihr lieben Blümelein!

Die Blümchen, blau und gelb und weiß,
Die kommen all herbei:
Vergißmeinnicht und Ehrenpreis,
Zeitlos und Akelei.

Maiglöckchen spielt zum Tanz im Nu,
Und alle tanzen dann.
Der Mond sieht ihnen freundlich zu,
Hat seine Freude dran.

Den Junker Reif verdroß das sehr,
Er kommt ins Tal hinein,
Maiglöckchen spielt zum Tanz nicht mehr,
Fort sind die Blümelein.

Doch kaum der Reif das Tal verläßt,
Da rufet wiederum

Maiglöckchen zu dem Frühlingsfest
Und läutet: bim, bam, bum.

Nun hält's auch mich nicht mehr zu Haus,
Maiglöckchen ruft auch mich,
Die Blümchen gehn zum Tanz hinaus,
Zum Tanzen geh auch ich.

Ludwig Tieck

Rosen

Bist du kommen, um zu lieben,
So nimm unsre Blüte wahr,
Wir sind rötend stehn geblieben,
Prangen in dem Frühlingsjahr.
Als ein Zeichen sind die Büsche
Mit den Rosen überstreut,
Daß die Liebe sich erfrische,
Ewig jung sich stets erneut.
Wir sind Lippen, rote Küsse,
Roter Wangen sanfte Glut,
Wir bedeuten Liebesmut,
Wir bezeichnen, wie so süße
Herz und Herz zusammenneigt,
Liebesgunst aus Lippen steigt.

Küsse sind verschönte Rosen
Der Geliebten Blütezeit,
Und ihr süßes, süßes Kosen
Ist der Wünsche schön Geleit,
Wie die Rose Kuß bedeut't,
So bedeut't der edle Kuß
Selbst der Liebe herrlichsten Genuß.

Liebe ist es, die die Röte
Allerwege angefacht,
Liebend kommt die Morgenröte,
Rot steigt nieder jede Nacht:
Rosen sind verschämte Röte,
Sind die Ahndung, sind der Kuß:
In Granaten flammt die Röte,
Brennt in Purpurs voller Pracht,
Deuten uns den innigsten Genuß.

Friedrich Hölderlin

An eine Rose

Ewig trägt im Mutterschoße,
Süße Königin der Flur!
Dich und mich die stille, große,
Allbelebende Natur;
Röschen! unser Schmuck veraltet,
Stürm' entblättern dich und mich,
Doch der ewge Keim entfaltet
Bald zu neuer Blüte sich.

Hermann Hesse
Nelke

Rote Nelke blüht im Garten,
Läßt verliebte Düfte glühen,
Will nicht schlafen, will nicht warten,
Einen Trieb nur hat die Nelke:
Rascher, heißer, wilder blühen!

Eine Flamme seh ich prangen,
Wind in ihre Röte rennen,
Und sie zittert vor Verlangen,
Einen Trieb nur hat die Flamme:
Rascher, rascher zu verbrennen!

Du in meinem Blute innen,
Liebe du, was soll dein Träumen?
Willst ja nicht in Tropfen rinnen,
Willst in Strömen, willst in Fluten
Dich vergeuden, dich verschäumen!

Johann Wolfgang Goethe
Das Blümlein Wunderschön

Lied des gefangnen Grafen

Graf

Ich kenn' ein Blümlein Wunderschön
Und trage darnach Verlangen;
Ich möcht' es gerne zu suchen gehn,
Allein ich bin gefangen.
Die Schmerzen sind mir nicht gering;
Denn als ich in der Freiheit ging,
Da hatt' ich es in der Nähe.

Von diesem ringsum steilen Schloß
Lass' ich die Augen schweifen,
Und kann's vom hohen Turmgeschoß
Mit Blicken nicht ergreifen;
Und wer mir's vor die Augen brächt',
Es wäre Ritter oder Knecht,
Der sollte mein Trauter bleiben.

Rose

Ich blühe schön, und höre dies
Hier unter deinem Gitter.
Du meinest mich, die Rose, gewiß,

Du edler, armer Ritter!
Du hast gar einen hohen Sinn;
Es herrscht die Blumenkönigin
Gewiß auch in deinem Herzen.

Graf

Dein Purpur ist aller Ehren wert,
Im grünen Überkleide,
Darob das Mädchen dein begehrt,
Wie Gold und edel Geschmeide.
Dein Kranz erhöht das schönste Gesicht:
Allein du bist das Blümchen nicht,
Das ich im Stillen verehre.

Lilie

Das Röslein hat gar stolzen Brauch
Und strebet immer nach oben;
Doch wird ein liebes Liebchen auch
Der Lilie Zierde loben.
Wem's Herze schlägt in treuer Brust
Und ist sich rein, wie ich, bewußt,
Der hält mich wohl am höchsten.

Graf

Ich nenne mich zwar keusch und rein,
Und rein von bösen Fehlen;
Doch muß ich hier gefangen sein,
Und muß mich einsam quälen.
Du bist mir zwar ein schönes Bild
Von mancher Jungfrau, rein und mild:
Doch weiß ich noch was Liebers.

Nelke

Das mag wohl ich, die Nelke, sein,
Hier in des Wächters Garten,
Wie würde sonst der Alte mein
Mit so viel Sorge warten?
im schönen Kreis der Blätter Drang,
Und Wohlgeruch das Leben lang,
Und alle tausend Farben.

Graf

Die Nelke soll man nicht verschmähn,
Sie ist des Gärtners Wonne:
Bald muß sie in dem Lichte stehn,
Bald schützt er sie vor Sonne;
Doch was den Grafen glücklich macht,
Es ist nicht ausgesuchte Pracht:
Es ist ein stilles Blümchen.

Veilchen

Ich steh verborgen und gebückt,
Und mag nicht gerne sprechen,
Doch will ich, weil sich's eben schickt,
Mein tiefes Schweigen brechen.
Wenn ich es bin, du guter Mann,
wie schmerzt mich's, daß ich hinauf nicht kann
Dir alle Gerüche senden.

Graf

Das gute Veilchen schätz' ich sehr:
Es ist so gar bescheiden,
Und duftet so schön; doch brauch' ich mehr
In meinem herben Leiden.
Ich will es euch nur eingestehn:
Auf diesen dürren Felsenhöhn
Ist's Liebchen nicht zu finden.

Doch wandelt unten, an dem Bach,
Das treuste Weib der Erde,
Und seufzet leise manches Ach,
Bis ich erlöset werde.
Wenn sie ein blaues Blümchen bricht,
Und immer sagt: Vergiß mein nicht!
So fühl' ich's in der Ferne.

Ja, in der Ferne fühlt sich die Macht,
Wenn Zwei sich redlich lieben;
Drum bin ich in des Kerkers Nacht
Auch noch lebendig geblieben.
Und wenn mir fast das Herze bricht,
So ruf' ich nur: Vergiß mein nicht!
Da komm' ich wieder in's Leben.

Ludwig Tieck
Blumen

Blumen sind uns nah befreundet,
Pflanzen unserm Blut verwandt,
Und sie werden angefeindet,
Und wir tun so unbekannt.

Unser Kopf lenkt sich zum Denken
Und die Blume nach dem Licht,
Und wenn Nacht und Tau einbricht,
Sieht man sich die Blätter senken.
Wie der Mensch zum Schlaf' einnickt,
Schlummert sie in sich gebückt.

Schmetterlinge fahren nieder,
Summen hier und summen dort,
Summen ihre trägen Lieder,
Kommen her und schwirren fort.

Und wenn Morgenrot den Himmel säumt,
Wacht die Blum' und sagt, sie hat geträumt,
Weiß es nicht, daß voll von Schmetterlingen
Alle Blätter ihres Kopfes hingen.

Ludwig Uhland
Der Mohn

Wie dort, gewiegt von Westen,
Des Mohnes Blüte glänzt!
Die Blume, die am besten
Des Traumgotts Schläfe kränzt;
Bald purpurhell, als spiele
Der Abendröte Schein,
Bald weiß und bleich, als fiele
Des Mondes Schimmer ein.

Zur Warnung hört' ich sagen,
Daß, der im Mohne schlief,
Hinunter ward getragen
In Träume, schwer und tief;
Dem Wachen selbst geblieben
Sei irren Wahnes Spur,
Die Nahen und die Lieben
Halt' er für Schemen nur.

In meiner Tage Morgen,
Da lag auch ich einmal,
Von Blumen ganz verborgen,
In einem schönen Tal.

Sie dufteten so milde!
Da ward, ich fühlt' es kaum,
Das Leben mir zum Bilde,
Das Wirkliche zum Traum.

Seitdem ist mir beständig,
Als wär' es so nur recht,
Mein Bild der Welt lebendig,
Mein Traum nur wahr und echt;
Die Schatten, die ich sehe,
Sie sind, wie Sterne, klar.
O Mohn der Dichtung! wehe
Ums Haupt mir immerdar!

Karl Krolow

Sonnenblumen

Gewaltig schwenken sie ihr Haupt.
Sie wuchsen stark im Fleische auf.
Sie prahlen breit und fettbelaubt
Und drehn sich nach dem Sonnenlauf.

Sie raubten Feuer dem Gestirn
Und hüten gelb ihr fremdes Licht.
Es schlägt der Tag mit Flammen dicht
Aus ihrem Geist, sengt Pflaum' und Birn'.

Sie lodern steil und mittagstoll
Und leuchten groß wie ihr Geschick.
Gewitter fassen ihr Genick.
Vom Sommer sind sie übervoll.

Bis eines Tags der Sperling praßt,
Mit scharfem Schnabel sie zerfleischt.
Sie sterben sanft und ohne Hast.
Der Häher ihren Tod bekreischt.

Peter Huchel

Die Sonnenblume

Drei Laub an einer Sonnenblum
umblühn den Beerentisch.
Ein Vogel pickt an schwarzer Krum
und stöbert im Gebüsch.

Das spröde Holz am Brombeerzaun
trägt auswärts Früchte viel,
ganz erdige, von Sonne braun
und Regen innen kühl.

Wo alles steht streng ausgereift,
wer prüft und erntet recht?
Der schwarze Vogel pickt und pfeift
und schont die Wurzel schlecht.

Josef Mühlberger
Sonnenblume

Ich nenn dich anders: Lebensblume.
Denn nur dein Rand glänzt sonnenklar,
das Innre liegt wie eine Ackerkrume
voll Fragen und Gefahr.

Hier ist das Schwerste: Zeugen und
  Empfangen,
unstätes Dunkel, das nach Frucht und Licht
  sich sehnt.
Doch dieser Dunkelheit ist eine Sonne
  aufgegangen,
die sie mit goldnem Lichtreif krönt.

Reinhold Schneider

Die Sonnenblumen unterm Mond

Sehnsüchtig-still des Lichtes Widerschein
Trinkt ihr zur Nacht. So ist die Nacht auch mein
Und erste Frühe, eh das Dämmer fällt.
O milder Glanz der unentweihten Welt!
O Glück, das Licht vom Monde zu empfangen,
Der fast zu Ende seinen Weg gegangen.

Sie atmen kaum; die Wolke wandert nicht.
Des Lichts Traum, ist's nicht das wunderbarste
Licht?
Beim Vogellaut, der lang vorm Tage schweigt,
Stehn sie betaut, von nachtgereifter Frucht
geneigt.
Und schlummernd, wie vom Wind das Korn
erwacht,
Erschauern sie und treten zögernd aus der Nacht.

Hermann Hesse
Enzianblüte

Du stehst von Sommerfreude trunken
Im seligen Licht und atmest kaum,
Der Himmel scheint in deinen Kelch versunken,
Die Lüfte wehn in deinem Flaum.

Und wenn sie alle Schuld und Pein
Von meiner Seele könnten wehen,
So dürft ich wohl dein Bruder sein
Und stille Tage bei dir stehen.

So wäre meinen Weltenfahrten
Ein selig leichtes Ziel ersehn,
Gleich dir durch Gottes Träumegarten
Als blauer Sommertraum zu gehn.

Rainer Maria Rilke
Blaue Hortensie

So wie das letzte Grün in Farbentiegeln
Sind diese Blätter, trocken, stumpf und rauh,
Hinter den Blütendolden, die ein Blau
Nicht auf sich tragen, nur von ferne spiegeln.

Sie spiegeln es verweint und ungenau,
Als wollten sie es wiederum verlieren,
Und wie in alten blauen Briefpapieren
Ist Gelb in ihnen, Violett und Grau;

Verwaschnes wie an einer Kinderschürze,
Nichtmehrgetragnes, dem nichts mehr geschieht:
Wie fühlt man eines kleinen Lebens Kürze.

Doch plötzlich scheint das Blau sich zu verneuen
In einer von den Dolden, und man sieht
Ein rührend Blaues sich vor Grünem freuen.

Rainer Maria Rilke
Rosa Hortensie

Wer nahm das Rosa an? Wer wußte auch,
daß es sich sammelte in diesen Dolden?
Wie Dinge unter Gold, die sich entgolden,
entröten sie sich sanft, wie im Gebrauch.

Daß sie für solches Rosa nichts verlangen.
Bleibt es für sie und lächelt aus der Luft?
Sind Engel da, es zärtlich zu empfangen,
wenn es vergeht, großmütig wie ein Duft?

Oder vielleicht auch geben sie es preis,
damit es nie erführe vom Verblühn.
Doch unter diesem Rosa hat ein Grün
gehorcht, das jetzt verwelkt und alles weiß.

Ludwig Uhland
Die Malve

Wieder hab' ich dich gesehen,
Blasse Malve! blühst du schon?
Ja! mich traf ein schaurig Wehen,
All mein Frühling welkt davon.
Bist du doch des Herbstes Rose,
Der gesunknen Sonne Kind,
Bist die starre, düftelose,
Deren Blüten keine sind.

Gerne wollt' ich dich begrüßen,
Blühtest du nicht rosenfarb,
Lögst du nicht das Rot der Süßen,
Die noch eben glüht' und starb.
Heuchle nicht des Lenzes Dauer!
Du bedarfst des Scheines nicht;
Hast ja schöne, dunkle Trauer,
Hast ja weißes, sanftes Licht.

Friederike Mayröcker
die Gewächshausblumen in Bad Aussee

Tränenbinderei : Trauerbinderei auf dem Schild
der Gärtnerei, welche mit hängenden Rosen,
Glyzinien,
Drachenblumen mich anzieht : lockt dasz ich
absichtslos
folge den BLUMENPROSPEKTEN, Stroh-
ballen über den Treib-
hausdächern, junge Trompetenbäume, Engel-
trompeten mit fahlen
bräunlich vergilbten Blütenglocken, die tropischen
Hallen, *bei Hölderlin heiszt der Himmel die Halle*,
schreibt
Peter Waterhouse, Lebensbaum Baldachine,
Fuchsien Haine,
Forellen Begonien, ich frage nach den Namen
der Blumen,
die hohen Stauden geduckt unter dem Glasdach, der
Glühbirnen Gärtner nickt mir zu, plötzlich die
Vorstellung : scheckige Kuh grasend in einem
Wäldchen
die kleine Geduld, Taglilie, Flammendolde und
Phlox :

der seit Kindertagen geliebte, Gauklerblume,
  Ginster
gelblich und rot, Wäscherei : Plätterei vielleicht
Glätterei, die groszen Tröge mit Blumenerde,
  hohe
Gestrüppfelder, Thymian,
und dann, mit dem Topolino …

(»der Himmel wird vorübergetragen«)

für Herbert Kapfer

Josef Mühlberger
Orchidee

Ich brachte dir die fremde Blume
nicht als Geschenk,
ich brachte deiner Schönheit sie zum Ruhme –
Herz, bedenk!

Ich sagte: »Nimm sie an als dir verwandte!«
Du danktest glückbefangen;
mich fror in meiner Seele herbstverhangnem
  Lande
vor Bangen.

Sie leuchtet wie die duftumhauchten Flügel,
noch kaum erblüht,
wie Schmelz der Traube, die am Hügel
in Sonne glüht,

wie Schlangenglanz in warmen, grünen Schatten,
und schrecklich sacht,
kühl blickend in der Mittagsglut Ermatten
und klar und wach bei Nacht.

Von all dem aber bin ich ausgestoßen,
was du selbst bist,
wenn auch mein Herz in seiner großen
Beklommenheit darauf vergißt …

Du hielt'st die Blüte, lächeltest unsäglich
und danktest noch einmal dafür,
und weißt doch nicht, daß sie das Bild für mein
vergeblich
Heimweh nach dir.

Christian Wagner
Distelhäupter am Weg

So wie sich Greise ergehn beim Sonnschein,
abends, so stehen
Distelhäupter am Weg. Weit glänzt ihr silbernes
Haupthaar. –
Leicht mag ihnen der Tod wohl werden, wenn
nächstens das große
Sterben beginnt in Wald, auf Feldflur, Heide
und Talgrund.

Ernst Stadler
Die Rosen im Garten

Die Rosen im Garten blühn zum zweiten Mal.
Täglich schießen sie in dicken Bündeln
In die Sonne. Aber die schwelgerische Zeit
ist dahin,
Mit der ihr erstes Blühen sich im Hof des weiß
und roten Sternenfeuers wiegte.
Sie springen gieriger, wie aus aufgerissenen Adern
strömend,
Über das heftig aufgeschwellte Fleisch der Blätter.
Ihr wildes Blühen ist wie Todesröcheln,
Das der vergehende Sommer in das ungewisse Licht
des Herbstes trägt.

Josef Mühlberger
Rose vor nahem Winter

Der alte Rosenstrauch ist nur mehr ein Gewirr
von schmerzgekrümmtem Stamm und dunklen Ästen,
und Dornen brechen grell aus dem Verwesten
der Zweige, die wie Haare welk und irr.

Die Blätter sind zu kaltem Erz erstarrt,
sie müssen nur noch brechen und zerfallen;
vom frostgen Winde angerührt, klingt's nur wie Lallen
von Einem, den die Welt genarrt.

Doch eine letzte Rose leuchtet hinter dorngen Gittern,
gebeugt, bestreut von erstem Schnee.
Sie ist mein Herz in dieser Welt: voll Weh
und voll der bittern Trauer Zittern.

Sanft duftend, rot, gereift in flammenden Gewittern,
wie Seide weich und streng wie unter ihr der klare See,

drängt ihre todgeweihte Schönheit: fluch
und fleh
und hilf die herbstverfallne Welt entbittern!

Eduard Mörike
Auf eine Christblume

Tochter des Walds, du Lilienverwandte,
So lang von mir gesuchte, unbekannte,
Im fremden Kirchhof, öd und winterlich,
Zum erstenmal, o schöne, find ich dich!

Von welcher Hand gepflegt du hier erblühtest,
Ich weiß es nicht, noch wessen Grab du hütest;
Ist es ein Jüngling, so geschah ihm Heil,
Ists eine Jungfrau, lieblich fiel ihr Teil.

Im nächtgen Hain, von Schneelicht überbreitet,
Wo fromm das Reh an dir vorüberweidet,
Bei der Kapelle, am kristallnen Teich,
Dort sucht ich deiner Heimat Zauberreich.

Schön bist du, Kind des Mondes, nicht der Sonne;
Dir wäre tödlich andrer Blumen Wonne,
Dich nährt, den keuschen Leib voll Reif und Duft,
Himmlischer Kälte balsamsüße Luft.

In deines Busens goldner Fülle gründet
Ein Wohlgeruch, der sich nur kaum verkündet;

So duftete, berührt von Engelshand,
Der benedeiten Mutter Brautgewand.

Dich würden, mahnend an das heilge Leiden,
Fünf Purpurtropfen schön und einzig kleiden:
Doch kindlich zierst du um die Weihnachtszeit
Lichtgrün mit einem Hauch dein weißes Kleid.

Der Elfe, der in mitternächtger Stunde
Zum Tanze geht im lichterhellen Grunde,
Vor deiner mystischen Glorie steht er scheu
Neugierig still von fern und huscht vorbei.

Im Winterboden schläft, ein Blumenkeim,
Der Schmetterling, der einst um Busch und Hügel
In Frühlingsnächten wiegt den samtnen Flügel;
Nie soll er kosten deinen Honigseim.

Wer aber weiß, ob nicht sein zarter Geist,
Wenn jede Zier des Sommers hingesunken,
Dereinst, von deinem leisen Dufte trunken,
Mir unsichtbar, dich Blühende umkreist?

Quellen- und Abbildungsverzeichnis

Achim von Arnim (1781-1831) Der Kirschbaum, S. 39. Aus: Achim von Arnim, Werke. Drei Bände. Herausgegeben von A. Schier. Insel-Verlag Leipzig o. J.

Barthold Hinrich Brockes (1680-1747) Die Trauben-Hyazinthe, S. 22; Kirschblüte bei der Nacht, S. 37. Aus: Barthold Hinrich Brockes, Werke. 5 Bände. Herausgegeben von Johann Joachim Eschenburg. 1800.

Max Dauthendey (1867-1918) Eilt euch, eil dich, die Bäume blühen!, S. 34. Aus: Max Dauthendey, Das Herz singt zum Reigen. Gedichte. Langen Müller in der F. A. Herbig Verlagsbuchhandlung GmbH, München.

Annette von Droste-Hülshoff (1797-1848) Vergißmeinnicht, S. 41. Aus: Annette von Droste-Hülshoff, Sämtliche Gedichte. Herausgegeben von Karl Schulte Kemminghausen. Insel Verlag Frankfurt am Main und Leipzig 1998.

Joseph von Eichendorff (1788-1857) Schneeglöckchen, S. 14. Aus: Joseph von Eichendorff, Sämtliche Gedichte und Versepen. Herausgegeben von Hartwig Schultz. Insel Verlag Frankfurt am Main und Leipzig 2001.

Hans Magnus Enzensberger (* 1929) Das Blumenfest, S. 10. Aus: Hans Magnus Enzensberger, Die Gedichte. © Suhrkamp Verlag Frankfurt am Main 1983.

August Heinrich Hoffmann von Fallersleben (1798-1874) Maiglöckchen, S. 50. Aus: August Heinrich Hoffmann von Fallersleben. Ausgewählte Werke in vier Bänden. Herausgegeben und mit Einleitung versehen von Hans Benzmann. Verlag Max Hesse, Leipzig o. J.

Johann Wolfgang Goethe (1749-1832) Das Veilchen, S. 46; Das Blümlein Wunderschön, S. 58. Aus: Johann Wolfgang Goethe,

Gedichte in zeitlicher Folge. Herausgegeben von Heinz Nicolai. Insel Verlag Frankfurt am Main 1982.

Hermann Hesse (1877-1962) Der Blütenzweig, S. 36; Voll Blüten, S. 40; Nelke, S. 57; Enzianblüte, S. 72. Aus: Hermann Hesse, Die Gedichte. Herausgegeben von Volker Michels. © Suhrkamp Verlag Frankfurt am Main [5]1998.

Friedrich Hölderlin (1770-1843) An eine Rose, S. 56. Aus: Friedrich Hölderlin, Sämtliche Gedichte und Hyperion. Herausgegeben von Jochen Schmidt. Insel Verlag Frankfurt am Main und Leipzig 1999.

Peter Huchel (1903-1981) Holunder, S. 44; Die Sonnenblume, S. 69. Aus: Peter Huchel, Gesammelte Werke in zwei Bänden. Band I: Die Gedichte. Herausgegeben von Axel Vieregg. © Suhrkamp Verlag Frankfurt am Main 1984. Löwenzahn, S. 48. Aus: Peter Huchel, Die Sternenreuse. © Piper Verlag GmbH, München 1967.

Marie Luise Kaschnitz (1904-1974) Tulpen, S. 27. Aus: Marie Luise Kaschnitz, Gesammelte Werke. Herausgegeben von Christian Büttrich und und Norbert Miller. Fünfter Band: Die Gedichte. Insel Verlag Frankfurt am Main 1985. © Iris Schnebel-Kaschnitz.

Karl Krolow (1915-1999) Violette Tulpen, S. 29; Sonnenblumen, S. 68. Aus: Karl Krolow, Auf Erden. Frühe Gedichte. © Suhrkamp Verlag Frankfurt am Main 1989.

Nikolaus Lenau (1802-1850) Primula veris, S. 16. Aus: Nikolaus Lenau, Gedichte. Ausgewählt und mit einem Nachwort von Hansgeorg Schmidt-Bergmann. Insel Verlag Frankfurt am Main und Leipzig 1998.

Hermann Lenz (1913-1998) Löwenzahn, S. 49. Aus: Hermann Lenz, Zeitlebens. Gedichte 1934-1980. © Franz Schneekluth, München 1981.

Friederike Mayröcker (* 1924) die Gewächshausblumen in Bad

Aussee, S. 78. Aus: Friederike Mayröcker, Benachbarte Metalle. Ausgewählte Gedichte. Anordnung und Nachwort Thomas Kling. © Suhrkamp Verlag Frankfurt am Main 1998.

Eduard Mörike (1804-1875) Auf eine Christblume, S. 86. Aus: Eduard Mörike, Gedichte in einem Band. Herausgegeben von Bernhard Zeller. Insel Verlag Frankfurt am Main und Leipzig 2001.

Josef Mühlberger (1903-1985) Vor einem Blumenbeet, S. 13; Blühender Magnolienbaum, S. 35; Sonnenblume, S. 70; Orchidee, S. 80; Rose vor nahem Winter, S. 84. Aus: Josef Mühlberger, Gedichte. © Insel-Verlag Wiesbaden 1948.

Rainer Maria Rilke (1875-1926) Feuerlilie, S. 32; Blaue Hortensie, S. 73; Rosa Hortensie, S. 74. Aus: Rainer Maria Rilke, Die Gedichte. Insel Verlag Frankfurt am Main 1986.

Friedrich Rückert (1788-1866) Schneeglöckchen, S. 15; Himmelschlüsselchen, S. 20. Aus: Friedrich Rückert, Ausgewählte Werke. Herausgegeben von Annemarie Schimmel. Erster Band. Insel Verlag Frankfurt am Main 1988.

Reinhold Schneider (1903-1978) Die Sonnenblumen unterm Mond, S. 71. Aus: Reinhold Schneider, Gesammelte Werke. Band 5: Gedichte. Auswahl und Nachwort von Christoph Perels. © Insel Verlag Frankfurt am Main 1981.

Ernst Stadler (1883-1914) Die Rosen im Garten, S. 83.Aus: Ernst Stadler, Dichtungen, Schriften, Briefe. Kritische Ausgabe. Herausgegeben von Klaus Hurlebusch und Karl Ludwig Schneider. Verlag C. H. Beck München 1983.

Francisca Stoecklin (1894-1931) Schwertlilien, S. 33. Aus: Francisca Stoecklin, Lyrik und Prosa. Herausgegeben von Beatrice Mall-Grob. Verlag Paul Haupt Bern/Stuttgart/Wien 1994.

Theodor Storm (1817-1888) Hyazinthen, S. 24. Aus: Theodor Storm, Sämtliche Werke in vier Bänden. Band 1: Gedichte,

Novellen 1848-1867. Herausgegeben von Dieter Lohmeier. Deutscher Klassiker Verlag Frankfurt am Main 1997.

Ludwig Tieck (1773-1853) Die Blumen, S. 25; Rosen (Bist du kommen), S. 52; Blumen, S. 63. Aus: Ludwig Tieck, Schriften in zwölf Bänden. Band 7: Gedichte. Herausgegeben von Ruprecht Wimmer. Deutscher Klassiker Verlag Frankfurt am Main 1995.

Ludwig Uhland (1787-1862) Der Mohn, S. 64; Die Malve, S. 75. Aus: Ludwig Uhland, Gedichte. Herausgegeben von Hans-Rüdiger Schwab. Insel Verlag Frankfurt am Main 1987.

Christian Wagner (1835-1918) Distelhäupter am Weg, S. 82. Aus: Christian Wagner, Gedichte. Herausgegeben von Ulrich Keicher. Konrad Theiss Verlag Stuttgart und Aachen 1973.

Robert Walser (1878-1956) Blumen, S. 21 Aus: Robert Walser, Die Gedichte. © Suhrkamp Verlag Frankfurt am Main 1986.

Abbildungen

© *AGE/Mauritius* S. 20-21
© *Georgina Bowater/CORBIS* S. 66-67
© *Darrell Gulin/CORBIS* S. 30-31
© *Kohlhaupt/Mauritius* S. 88-89
© *Marion Nickig* S. 42-43, 76-77
© *Kirsten Soderlind/CORBIS* S. 54-55
© *Craig Tuttle/CORBIS* S. 9-10

Inhalt